歌集

ウォーターリリー

Water lily

Kawano Satoko

川野里子

短歌研究社

ウォーターリリー　目次

装幀・装画　毛利一枝

ウォーターリリー

わたしはひとつの声であり、
また多声である。

I

ウォーターリリー

ウォーターリリーここに生まれてウォーターリリーここがどこだかまだわからない

２０１８年　ベトナム、カンボジア

疼痛緩和の姿勢にねむる人のやう日本列島うなばらのなか

北爆へ飛び立つ爆撃機の軌跡ゆつくりたどりベトナムへ飛ぶ

ちぎられた足のやうなる琉球弧　島々のうへ飛行機はゆく

針に突きし指に血の玉もりあがる　ほら見て、と言ひきさびしき亡母《はは》が

夕焼けは返り血を浴び染まりゆく水田と水田と水田が光る

モノクロ写真の真ん中に拳突きあがりここは戦勝国なりハノイ

バイクの河　バックミラーは太陽をいつせいに反射《かへ》しぎらぎらとゆく

青人草《あをひとくさ》の国より来ればガジュマルと街と人間みつしり茂る

ドラえもん、アンパンマン路地のくらがりを溢れ売らるるみんな微笑み

三千三百三十三粒ひまはりの種たべてをりハノイの路地に

盆栽は巨大化しつつ鉢あふれ歩きだしをりホーチミン廟

あの川に兄が浮かんでこの沼に父が浮かんで　睡蓮咲いた

戦争に勝ちしにあらず絶望に勝ちたり　春巻きほんのりと透け

北が南を南が北を西が東を　殺せど殺せど人間なりき

ウォーターリリーこんなところにウォーターリリーあんな高みにあなたは咲いて

南北のあはひに方位迷ひつつ川は流るるジャスミン川《リバー》

銃身は手垢とあぶらになほ光りいくすぢも光り戦勝記念館

泥田より泥掘りあげて泥食べて泥となりきり生きしベトナム

天秤棒ゆらして小さな亡母来る　一輪を買ふ　しあはせですか？

ウォーターリリーこころに浮かべウォーターリリー光にふれてわたしは揺れる

草の笠かぶればわたしの顔消えてめぐりいちめん水田が光る

メコン河犬の屍とオレンジと生活の舟いづこへゆくか

いきのびてわたしもわたしも布袋草ふつくりと泥の大河に浮かぶ

砂利運搬船あまた行き交ふメコン河さかのぼりゆくわたしは過去へ

メコン河に朝の水汲み髪あらひ洗濯をしてあまたの妣たち

さかのぼりさかのぼりゆくメコン河溯らぬは流さるること

にんげんのにんげんによるにんげんのための虐殺　しらほねを積む

カンボジア虐殺刑場跡

ウォーターリリーわが白骨《しらほね》とウォーターリリーみしらぬだれかの白骨触れた

Killing Fields これは英語でどのやうなことばもあれいを名づけえぬまま

＊

東京

もの言はぬ羅睺羅《らごら》となりて息子立つ大江戸線に山手線に

語尾消ゆる青年佇み日本語をことばなき海囲みてをりぬ

母逝きてみづうみいちまい残りたりてのひらに胸にみづうみ宿る

地下街にみつしり撓《しな》り七夕の笹竹立てり祈りの重さに

ひとつだけ祈りてみよと渡されてこころに白紙の短冊がある

笹の葉さらさらざざのばざらざら地下道を生きのびながるる人間の河

吊革を握り締めつつ立ちながら眠る青年ふいに崩るる

阿修羅　眉美しく立ちつくしくづほるる人を見てをりしんと

ウォーターリリーだれかが零れウォーターリリーだれかを零しひんやり咲いた

ブレーキとアクセル踏みまちがへたといふ日本《にっぽん》がそしてある老人が

地下鉄《チューブ》ぬけ地下街をぬけ通路ぬけあるとき鏡に映れりわれが

去年より今年はつかに重くなり七夕飾りに縋る短冊

ウォーターリリーこんなしづかな戦場がここにウォーターリリーの姿に咲いて

笹の葉さらさら笹の葉さらさら青年が誰か見つけて片手を挙げた

亡き父をながく待ちゐし老い母よ　若者らふつと手を繋ぎたり

ショーウィンドウの隅にカナブンころがれり新墓なればみづから光り

てのひらを見つめる若者あまた立つスマートフォン否、掌を見つめ

ウォーターリリー、ウォーターリリーそこに咲くあなたは炎で手がとどかない

少女らは待ちをり見えぬ金網にいのちふつくらすり寄せながら

新宿駅東口アルタ前で待つ牝鹿もをりてかなた見てをり

睡蓮とオオオニバス

睡蓮は世界の真中《まなか》に咲きてをりあはあはと来て蜻蛉《せいれい》止まる

世界の中心は無数にあるか薄紅か触れ合ふことなく睡蓮ひらく

池の面《も》は静止してをり見ゆる睡蓮見えぬ睡蓮ほのぼの燃ゆる

可燃物にあらぬちちはは焼きたりき燃やし尽くせず睡蓮が咲く

巨大なる睡蓮咲きて震へをり糸蜻蛉《いととんぼ》の目をわれが持つ時

オオオニバスのわれ哀しますす重たさに蛙乗りきてしばし動かぬ

オオオニバス葉裏に棘あるゆふぐれよわれを焼く火はわが裡にある

渚

世界中のゴミうちあげられてゐる渚となりし息子棲む部屋

寄せる波引く波なにが哀しいか子の部屋で拾ふBOSSの空き缶

明けない夜はない　のだけれど子の部屋に目覚まし時計三つを拾ふ

擦り切れたズボンを拾ひあげる部屋この子はすでに難民なのか

握りしめられゐしハンカチそのときの形のままにポケットの中

ネクタイはふしぎな艶をたもちつつ息子ゐぬ部屋に垂れてゐるなり

超新星爆発まぢか照らされてひとつひとつのゴミがもつ影

白鳥

蹲《うずくま》る白鳥のやうな丸餅を緩ませてをり湯のなかにしばし
ぬくもれば緩むからだをかなしめり亡き人のからだ緩まざりしを

われの風邪が夫に移りてその風邪が友に移りて　ひとつ舟ゆく

オホーツクを越えくる白鳥　午前二時残業の息子コウと鳴きしか

日本の負債千兆円を超ゆるといふ足元の砂かがやくかがやく

遠視のわれかなたばかりがよく見えて北方領土は白鳥のもの

おほいなる嚔《くさめ》して空に穴あけてその空みてをり職退きし夫

睡蓮について

花びらは蜻蛉《とんぼ》に触れられゆれてをり絶筆のやうに睡蓮ひとつ

ウォーターリリーとどまることなくウォーターリリー静止してをり白い睡蓮

多元宇宙のなかの銀河のそのなかの太陽から三番目　睡蓮咲いた

ウォーターリリー夢の真中《まなか》に落ちてしまつてウォーターリリー瞠《みひら》いたまま

瞬きをしたら始まる　瞬きをしてしまつたら睡蓮終はる

死ぬまでを咲《ひら》いたままでウォーターリリー見つくすことをウォーターリリー

生まれたらゆれるしかないゆれながらひらくしかない睡蓮咲いた

II

船歌《バルカローレ》

しらじらと花びらよりそひ花筏ながれゆくなり誰をも乗せず

発熱し白い巨船は浮かびをり埠頭にわづかな海を挟んで

横浜埠頭に鉄の鎖は錆びてをりなにかを繋ぐ鎖はしんと

あの船と呼ぶときこの船おほいなるかたちあらはす日本といふ

病む船は繭ごもり浮かび日本列島は帆のあらぬままふたつの船よ

隔離　われわれの大き沈黙は切り離したりわれわれ以外を

「がんばらう日本」聞こえ来ぬ埠頭　わづか離れて病む船浮かぶ

助け乞ふ日の丸垂らしうかぶ船ああこのやうに敗戦ありしか

防護服の白い人またあらはれて列つくりをり原発から巨船へ

〈汚れた道〉〈清潔な道〉たちまちに交じりあふとふ人界なれば

ドアノブはあやふしといふ名前なく顔なきあまたの手を知るゆゑに

シウマイ弁当四千個のボリュームふつと消ゆあの船とこの国のあはひ

病む船を手放すべからず手放せば水平線のみのこるこの世に

見捨つるやうに鷗飛び去り病む船と病みゆく孤島よりそひ残る

白鯨はあらはれたるか桜花咲き日本列島呑み込みゆけり

波ゆれて光はゆれて岸を打つゴンドラとなり揺るる島国

閉門とふ刑罰ありき国々に門あらはれてぎぎぎと閉づる

おのづから黒い油を流しつつ座礁船なる国は動かぬ

水陽炎かなたにこなたにゆれながら幽霊船としわれわれ浮かぶ

晴天は冷たしたまたま落ちてきてわれを離れぬ十星天道虫《とほしてんたう》

炙り出しのやうに国境あらはれ繭ごもるしづけさにをりあの国この国

地球儀の海

波音のしない地球儀回しをりどこで止めても海に摑まる

われわれの棲みしことなき地球儀に蠅がきてをりしばし動かず

タクラマカン砂漠をひつそり走る川この川を知らず彷徨ひし人よ

地震にてすこしうごきし地球儀かサラーラといふ都市と目があふ

南鳥島こんなところに落ちてゐて一度も飛ばずあとは海原

日本列島とは断崖のこと絹糸のごと海溝へ悲鳴落つることある

国が残り海の名が残り島の名が残りて人間をらぬ地球儀

海流はメダカのやうに行儀よくながれて春の地球儀の海

地球儀に触れし手をもて畳に触れるざらりとどこにも砂の音する

夜の部屋よこぎりゆけば半球は闇に喰はれて地球儀うかぶ

地球儀のなかなる永世中立の薄闇　誰か瞠《みひら》きゐるべし

鮟鱇と暮らす

鮟鱇を買ひにゆくべし高速を二時間走ればぶつかる海に

海にならず岩にもならず鮟鱇は鮟鱇なれば奇怪をたもつ

一匹買ひ冷凍すべしと言はれたり凍れる鮟鱇と暮らすべしとふ

那珂湊市場に海老と蛤と通電せしがに動くことあり

おほいなる胆置き去りに姿なくドナーのやうな鮟鱇ひとつ

雌雄のからだ溶けてひとつになる鮟鱇そのからだ吊られ揺れつつあらは

茨城の海は暴れず今日われを走らせくるる細き糸とし

アマビエの海

アマビエ肥後の海より現れたり。肥後の海すなはち天草、水俣の海なり。
をりをり不知火あらはれ夜光虫光る。

波は寄せ波は引き波はまた寄せて連れ帰り来ぬペットボトルを

人界が病むとき海はかがやきて不知火の海にイルカ飛び飛ぶ

天草、水俣よみがへりたる海なれば碧く照りをり楽土のやうに

不知火《しらぬひ》海にカタクチイワシの群れ翻《かへ》り鏡のやうに海は照りゐき

鏡　うらがへりアマビエ現れて奇怪なものと見てをり人界

可愛いから面白いから愛されてアマビエの奇怪見つめず誰も

饅頭になりしアマビエ蒲鉾になりしアマビエ言ひさしのまま

わが姿見よとぞアマビエ現れき水俣の海ひとたび死にき

不知火《しらぬひ》海せつなし海死なざればせつなし水俣なほ海死なざれば

をんなの髪の長きを垂らしアマビエのこの重さ見よと写されたりき

ぴつたんぴつたん雨ふりつづき濡れてゆく手、足、背中、私のかたち

ハッピー・バースデー歌ひつつ手は手を洗ひ奇怪なるかな手は手を洗ふ

ぴつたん。アマビエの三本の足立ち止まり　ぴつたん。人間を見る

社会的距離《ソーシャルディスタンス》　人間《ひと》は恐ろしき心あるゆゑ近づくべからず

ぴつたん。　空と陸とはけぢめなくムツゴロウ跳び人間跳ばず

這ひあがり来しとふ戦後日本はどこからどこへ這ひあがり来し

ムツゴロウ生き延びきたり泥となり魚《いを》となりまた泥となりきり

海のものとも山のものともつかぬわれ海とも山ともなりて生きをり

夜光虫寄りきて光り人間の閉ぢこめられゐる陸《くが》をふちどる

もういいよ、と誰か言ふまでせつせつと波は寄せ来る誰も言ふなし

どうぞ、健康なときは忙しゅうございますで、具合の悪うなってから水俣に来てくだまっせ。そして塩水につかって元になってまた帰る、そげん水俣を考えてくださいませ

杉本栄子語り（栗原彬篇『証言　水俣病』岩波新書）

留まるべし

三十三間堂千体の金の仏像に並びて立ちぬ祈りをもたず

修復中なれば仰臥してゐたり千手観音は溺るるかたち

白蓮花《びやくれんげ》、化仏《けぶつ》、日輪《にちりん》　仏像の千手が摑む薫のかずかず

三十三間堂金色の闇の思ひ出にわたくしもゐて微笑みをりき

仏師になりたかりし亡父《ちち》は鑿をもて闇を彫りをりこんこん音す

淋しとふ文字が千体立ちつくす三十三間堂どれが妣なる

留まるべしここに　見返れば剣山となりて仏《ほとけ》千体

蛸のいちにち

アフリカに吸ひつきてゐし蛸の足噛みをりつひにアフリカを知らず

蛸のあたまタウリンといふ滋養湛《たた》ふわがためならず蛸のためなる

吸つてー吐いてー吸つてー吐いてーそして何事も起こさず蛸のいちにち

頭がいいといふ蛸は岩陰にもの思ひをり岩の気持ちで

海藻にも岩にも砂にも化《な》りながら蛸は蛸なり尊きごとし

抱擁のかたち極まり捕らへたる獲物放さず蛸となすまで

卵抱き卵孵《かへ》してちから尽きただよふ蛸あり人界の外

正倉院展

　　　　　　　　　　　　　　　　　　　　　　
邇者《このごろ》、災異《さいい》頻《しきり》に興《おこ》りて咎徴仍見《きうちようなほあらは》る。戦々兢々《せんせんきようきよう》として責《せ》め予《われ》に在《あ》り。

「続日本紀」聖武天皇

揺れやまぬ天秤どこかにあるならむ信号待つ間をゆるる木漏れ日

音のなき半鐘鳴りをり街中を火の飛ぶやうに疫病《えやみ》ひろがる

マスクして傘さしてキップ差し出して透けゆくごとく博物館前

こんな巨きなうつくしい棺みあげれば博物館の白さ聳ゆる

正倉院展だれか手のひらひらくごと見せくるる鏡しいんと曇る

歴史とふ恒河沙《ごうがしや》ほどに蜉蝣が羽化する時間　瑠璃の杯《さかづき》

千三百年つらぬくしづけさ正倉院が匿《かくま》ひてきし人間以外

螺鈿紫檀五絃《らでんしたんごげん》の琵琶《のびは》の再現音こんなさびしさ匿はれきぬ

螺鈿　紫檀　ここに塡め込まれ永遠に異郷の集まりである欠片《かけら》たち

蘭奢待《らんじやたい》すこし削りて消えたりき信長といふは齧歯類《げっしるい》のごと

針ひとつこころに秘めて見下ろしぬ貴しといふ天皇《すめらぎ》の沓《くつ》

天皇《すめらぎ》は疫病《えやみ》に地震《なゐ》にまどひしを美しき遺品微動だにせず

＊

夫《そ》れ、天下《あめのした》の富《とみ》を有《たも》つは朕《われ》なり。天下《あめのした》の勢《いきほひ》を有《たも》つは朕《われ》なり。この富《とみ》と勢《いきほひ》とを以《もち》てこの尊《たふと》き像《ざう》を造《つく》らむ。

轟くやうに東大寺大仏聳えたりこのおほいなる不安の塊

つくづくと大仏見上げてゐし人の猫背いつしか暗がりに消ゆ

疫瘡《えきさう》と飢ゑの苦しみ巨大なる仏像なしぬいよいよ巨《おほ》きく

盧舎那仏は光の仏　あかがねの巨像がたもつ闇は聳ゆる

天皇《てんわう》の怯えの大きさそのままに山なす金属《あかがね》大仏殿に

大仏の頭ころがり落ちしことありき自ら嗤ふごとくに

＊

にんげんは宝物《ほうもつ》ならねば儚しと 竜首水瓶《りゆうしゆすいびやう》 ほつそりと立つ

宝玉はアフガニスタンより来たり絨毯爆撃されたるところ

紺玉帯《こんぎよくたい》ラピスラズリのあたらしさこの石に誰か命譲りき

糸屑も埃も宝物《ほうもつ》　ひと掬ひ塵芥残り人間残らず

さまざまな伎楽面の貌《かほ》なほ生きて時の重みに歪みてをりぬ

われといふ異郷はガラスに映るとき伎楽面なり奇なる貌せり

博物館の薄闇出づれば白日のひかり射し込むわが白骨に

救急車走りゆくなりつらぬきてにんげんの街をにんげんのため

昼の月　誰かがどこかで見てゐると言はなくなりし現《うつつ》広がる

あまたなる蟻おほいなるキャラメルを襲ひつつあり昼のしづけさ

ポケットの穴

ダッフルコート大きめを着て運びゆく遺品のやうな去年の空気

駅ビルのガラスは静止してゐる滝われが見ぬとき落下してゐる

ポケットの穴を詠みたる歌つくりそののち音信不通の人よ

穴あらぬポケットに指の居場所なくしかたなければ拳を握る

白昼のいづこ踏みても薄氷を踏む音がせり橋のなかほど

仁王像

おほいなる仁王像いとささやかな木片に組まる蓑虫として

仁王像の臍の位置すこし動かして運慶が得しひとつ重力

やや右に臍の窪みをずらされて仁王像重くなりたり愛《かな》し

寄せ木作りの仁王像ふたつあるところ身体すずしく燕は過ぎぬ

昨夜見し強行採決群がりて奇怪なる巨人造られゆきぬ

寄せ木に組む仁王像のからだ木片に還ることなし憤怒のゆゑに

Ⅲ

鶴の折り方

七本の川ゆるやかに流れゆく平野は扇ひらくやうなる

いくつもの橋かかる街を歩みをり橋はわたしを渡しくれたり

広島とヒロシマ　鉄柵にくひ込み呑みゆくマロニエの幹

黒い雨のち白い雨白い雨ていねいに雨の洗ふ広島

（あの角とこの角きちんと重ねてね。ここが狂へばすべてが狂ふ）

ここに。降りて。ここで。消えた。人がゐるなり　市電が停まる

ハーモニカのやうな（これが平和か）純白の建物ひとつ平和公園

マリーゴールド聖母マリアの黄金《きん》の花異臭はしんと花壇を充たす

（かうやつてここを合はせてかうやつてここを畳んでこころのやうに）

核の光浴びゐるだれの貌も消え囲みてをりぬジオラマの街

そこは　どんな　世界でせうか　モノクロの原爆以前の少女らほほゑむ

日本人すくなき平和資料館人垣がかこむ黒い弁当

（畳んだら開いてこちらも開いてね畳んで畳んで苦しくなつたら）

見よといふか見るなと言ふか火傷せし背中は写りいつまでも独り

（ていねいにするどく爪で折つてゆく黙らせるための鶴のくちばし）

生きるとはこのやうにリボンつけることリボンのうれしさ焼け残る服

（折つて折つてちひさくなつたら指先で押さへて　ここが心臓あたり）

バラク・オバマの雄弁はなにに触れたるかふはりと二羽の折り鶴残る

オバマの鶴　数さへわからぬ死者たちのほとりに置かれぬくつきりと二羽

生まれ変はり生まれ変はりてなんにんぶん命よろこび飛ぶ黒揚羽

（吹き入れる息はちひさく一度きり　この鶴は息を吹き返さない）

平和公園に虹かかりたり消えやすくかかりやすき虹の平和公園

あちらからこちらへきらきら喜びのゴールデン・レトリバー橋渡りきる

密みつと祈り集まる〈折り鶴館〉そこよりほかの居場所をもたず

（折ると祈る似てゐてさびしい折りやめることができない　鶴が苦しい）

ぽつてりと玉子を落としソース塗り焦がしてゐたりここが爆心地

ヒロシマとわたしのあはひに架かる橋人体のやうに気づけばそこに

わが影のひとひらふつとちぎれたり黒揚羽ひとつめちやくちやに飛ぶ

イオンエンジン

はやぶさ2亡き人のやうな遙けさへゆくなれどやがて帰りくるとふ

二億キロ旅して小石採りにゆくさびしき旅をさせをり人は

さくら散り小さな花片のいくつかは永遠《とは》に散るなり宇宙船ゆく

微《かす》かなるイオンエンジン噴くときに宇宙船うごくみづからのため

そこにある宇宙の闇に手を伸ばしわが手がつかむひとつ歯ブラシ

小惑星リュウグウは暗い星といふわたしのなかに一つ浮く星

消し忘れしパソコン青く闇にある「お元気ですか」と書きかけたまま

熟れ過ぎた果実

うつくしき新月は来ぬ薄皿にひろがりしづもる墨汁の湖《うみ》に

冷蔵庫開けて冷蔵庫閉めて言葉をもたぬ民族のやうな一日

二千五百の言語消滅しつつあり　さねさし　さねさし　かなた指差す

オルムル語パラチャ語パシャイ語熟れすぎた果実のやうに消えゆくことば

モララ語ユキ語ウナミ語消えてクアポー語ワッポ語消えてしまひしアメリカ

百九十一の言語消えゆくアメリカにことば残れり　アメリカ、ファースト

消えゆく言語　たとへばチョロテ語といふことば人間をなんと呼びて消えしか

うごく水

水洗トイレにちひさな湖この水のしづけさを誰も無言に見るべし

身体にとどまる水は温もれりこの温度すなはち命のことなる

わが顔を洗ひし水が流れゆくわが顔いちまい素早く奪ひ

背骨のやうに噴水ひとすぢ立ちあがり突如崩るる激しく老いて

一滴の水の惑星耳澄ませばいづこにも水のうごく音する

イ・カ・タ

胸元にせまる銅剣あをあをとつよき緑に佐田岬あり

零さぬやう家々を載せ岬あり鰺鯖釣る船まつろはせつつ

刃《は》のやうに*関鯖釣られ発条のごと*岬《はな》鯖あがり豊予海峡

＊大分県側であがるものを関《せき》鯖、愛媛県側であがるのを岬鯖と呼ぶ

イ・カ・タ囁きとしてイ・カ・タそこにあれども隠《かく》ろひとして

火を掲げ灯台はあり火を隠し原子力発電所ありひとつ岬に

火はそこにあれども見えず海ならず空ならねども青き原発

核分裂休ませてゐる原発の岬に波も風も休まず

まだ何も起こつてはゐないイ・カ・タことの怖さをイ・カ・タ

海絶えず炉心を冷やし宥めをり奔《はし》らむとする人間の火を

島々は生まれた朝の静けさに神武東征とほりすぎたる

神武東征すなはち戦《いくさ》は東へと走りき中央構造線を

岬は波に高く洗はれ穏《おだ》しきを洗はれてならず伊方原発

イ・カ・タ不安はイ・カ・タ心臓のやうに鼓動し

＊

十万年後、目覚めると聴覚だけが残つてゐた

りーん　可聴域超えてひびく音どこかにありて空だけがある

時を渡る　鳥はかたちを変へながら人は見知らぬ囀りをして

にんげんは碧眼となりて生き延びてゐるとふ森の蒼さを

青い火を探しにゆくべし洞窟《オンカロ》に隠されて永き神を探しに

オルキルオトは放射性核廃棄物を十万年間蔵う島

オル、キル、オト、鳥高く鳴き見えざればなきものとして核の火遺る

織る、切る、音　がしてをりにんげんの気配してをり音のみ残る

ゆかねば　迎へにゆかねば　十万年のちの未来に預けたる火を

わたくしは牝鹿に還り舐めにゆくウラニウムなほも鎮まらぬ火を

＊

鉄の船フェリーの手摺りは塩辛し痩身美《は》しき佐田岬まで

うれしげに魚あつまり岬まで共にゆくべし龍宮がある

太刀魚は未来に嚙みつき離さざりぎんぎんと体くねらせながら

石鹸箱に音するやうにイ・カ・タかたかた音してイ・カ・タ

見えぬ刃をきれいに避けて飛ぶ鷗うすき翼をひるがへしつつ

喉元に突きつけられてゐる刃とし岬はせまる原発を載せ

イ・カ・タそこに静かに棲む人をイ・カ・タ眠らせたまま

かたかたかたかたかたイ・カ・タ微振動して伊方原発

速吸瀬戸《はやすひのせと》に吸ひつく栄螺《さざえ》ゐる生き難けれどゆつくり動く

刃《は》のうへに置かれし玉子は静止せり涅《ね》槃《はん》寂《じやく》静《じやう》玉子そのまま

ドミノ

父母の墓さがさむとすれば空深し骨片のやうな雲は散らばる

芝生墓地、海洋散骨、樹木葬どのままごとを選びてもよし

「やすらぎ」「愛」「心」「永遠」なんだかなあ稚拙な詩となり墓石ならぶ

化石となりしマンモスは己れ恥づかしむおほきなおほきな骨を遺して

鳥の骨見たることなし完璧な埋葬をせし青空広がる

わが裡の骨もぎくしやく笑ひだす人間の骨に居場所のあらず

どこまでもドミノのやうにならぶ墓きらきらと倒れ永眠は来む

杼《ひ》の鳥

私が一番織りをしていて楽しいと感じるときは、杼を通すときです。
杼が通るときに鳴る音は、すごく気持ちが良くて心が躍ります。
宮古上布作家　砂川真由美さんの言葉

ぴいとんとん、機《はた》は織られてぴいとんとん、心にいくたび来る鳥がある

どの島にも布が織られて琉球弧きらりきらりと糸に繋がる

宮古島に延べられてゐる薄い布その布月のひかりを保つ

とんとんかたり。糸は　切れたら　繋ぎます　息で湿らせ指で捻《ひね》つて

経糸に緯糸を逢はせやることの息詰めるための座布団ひとつ

深藍の布に浮かべる星座あり星から星へ糸を渡しぬ

ぴいとんとん、楽しくてならぬ鳥のごと杼は跳ねてをり糸のあはひを

うすくうすくこのうへもなくうすく織りあげて布にその名を残さない女《ひと》

機《はた》も、糸も、人間も燃えあがりたりカメ、ウシ、ツル、トメみなをんなの名

雪

大いなる砂時計のなかにゐるわれは空みあげたり雪来る空を

雪降れば小さな歯車回りだす胡桃のなかにわたしのなかに

わたくしは一人か二人か三人か雪舞ふゆゑに怪し足元

カツサンド豚の死を挟み手軽なり薄紙をはがし食べる片手に

きいとんとん。どこかで機の音がする音が絶えたら静寂がくる

君の自死を憤りつつ手を洗ひしかもこの手の置き場があらぬ

若き君の死に顔幸せさうなりきその幸せを分かれずだれも

すずめの頭に雪片は触れくつきりと別れゆきたりすずめと雪に

輪廻とはわたしがすずめになることでシャクトリムシに食欲湧けり

いま行きまーす、といふ声雪の日響きたり見えない狐が駆け抜けてゆく

月

ピンクムーンおほきな乳房のごと浮かび死児にあらねど冷えゆく東京

だれかの眠りを踏むやうにあるく月光の街にあまたの足跡がある

どこからも見えて満月かがやけり人類最後の胎児のやうに

月はだれかの代理母なれば手放した子として吾を見つめることある

ネズミ算の終はりにぽつかり残る月一匹のネズミこんなにさびしい

戦争に賛成してしまふ時あるかちらちらちらちらイヌビエ震ふ

塹壕のなかにも月光射すものかある角度にて露《あら》はにならむ

花

千鳥ヶ淵のカフェに一瞬目の合ひし人が消えゆく桜花のなかに

コワリョフが鼻をなくして立つ夜を亡き友立てり命なくして

目を閉ぢる人と瞠《みひら》くひとがゐる満開になりし桜を見あげ

離してはならぬ手があるあまたあるされど夜中に握るドアノブ

目隠しされ銃殺を待つは白からむ咲き満ちて静止してゐる桜花

ハサミにて花を切りたるチューリップ闇に立つらむ首なきままに

花びら貼りつく傘をそのまま巻いてをりわたしが隠した戦争いくつ

瞳孔反射にひらく瞳のやうな穴水面の花弁を呑み込みゆけり

トイレットペーパーからから繰り出しのちしづか四囲に桜が佇みてをり

とーん。とーん。いつまでも砧打つ音す耳を澄ませば千年前から

そめゐよしの阿片の煙のやうに咲きそのかなたにて沖縄露は

＊

とんとんはたり。九万四千人捨て石となり　機音《はた》はたり。

ゆつくり迫る戦闘機の腹その腹に撫でられながら普天間の街

集団自決の写真が最新技術でカラーになった。
自決せし女らが纏ふ海の色生きたかつたと晴れ着色づく

とんとん　心臓の鼓動のやうに　とんとん　機《はた》の音する

杼は投げてかならず受けて布といふ時間が織られてゆく琉球弧

ぴいとんとん。杼はよみがへり工房に巣づくる鳥の忙《せは》しさに飛ぶ

海波からとどくあかるさ海鳴りはいま呑み込みし砲撃の音

いづこからいづこへ返還されたるか琉球諸島は青海《あをうみ》のもの

とんとんぱたり。だれもゐぬ機《はた》に月射して座布団のこる過去に未来に

爪で裂き唇《くち》で湿らせ指に績《う》む糸はだれかの命のつづき

蜘蛛の糸ほどの細さに績む糸にひかりは宿りひかりは延びる

着物一反に必要な繊維の長さは四十三万二千メートル

月までとどく糸の長さをここに織り覆ひやるべしにんげんのはだか

三日月の真下にステルス機は並び戦場未満の沖縄しづか

雪

タロウヲネムラセ雪フリツム　雪フリツム　醒めしままなる沖縄

大ヤドカリひとつかみ砂を摑むまま持ち上げられたり辺野古の浜に

雪のごとき砂を積もらせ海を埋め辺野古はしづか慰霊の日けふ

慰霊　平和の礎《いしじ》に刻まるるかぎりなき名を呼びたり霊と

匍匐前進匍匐前進　ヤドカリもフナムシもカニも闇夜をうごく

学名のまだなきといふ大海鼠《おほなまこ》辺野古の海にからだをのばす

辺野古とは弾薬庫のことまつすぐに軍事マップに矢印刺さる

「逃げられないんです、警備員は。雷警報が出ても」

われわれとわれわれのあはひ金網になりきることがこの人の仕事

宝貝ころころ光り死にてをりキャンプ・シュワブの金網の外

軍事衛星になべてを見られてゐる浜になぜここに赤いヒトデがひとつ

降る雪は海原に消えてゆくものを不可思議の雪降り積む辺野古

船はしり船くるうれしさ琉歌詠ひ　ゆつくりと鉄の船は近づく

タロウヲネムラセ雪フリツム　ジロウヲネムラセ雪フリツム　夏

Ⅳ

浪漫飛行

石井竜也の歌声に涙滲みきぬ夫もとなりにおとなしくゐる

魚の骨ふたたび外し始めたり「浪漫飛行」のサビ過ぎしのち

浪漫とは何なのかわからなくなりぬ例へば嘆きの壁のごときか

鰈の骨水面に映る教会のしづけさにありぬ鰈の意志もて

やや深くマンゴーの種に刃は食ひ込み恥骨のやうな硬さに触れつ

山法師の四弁花水面《みなも》として咲きぬ花ごとにあるしづかな水面

2時間40分

沈没船の骨格ほのかにうかびくる眠りを待ちて閉ぢてゐる目に

不眠症のわれは潜水艦として闇にゐるなり息を凝らして

可聴域超ゆる音つねにひびきゐむ鉄の船あまた眠る深海

びび、びび、と闇中に震ふ冷蔵庫立ちつくしをり自ら冷えて

「東京物語」に家族ほほゑむ八千万人*世界に死にたるのちをほほほと

*第二次大戦の世界の死者数

戦艦と白骨沈む太平洋にヨット浮かべし加山雄三

タイタニック　われわれの行方深閑と氷山海のなかをゆくらむ

沈むまで2時間40分ひとつ巨船はありき星に魅入られ

国といふはおほきな貨客船ならむ船底より浸水するものならむ

沈みゆくタイタニックに郵便物を守らむとせし少年水夫

三等客室浸水しつつ二等客室の一等客室の阿鼻叫喚の下

船底に働くやうに息子ゐて青空に出遭ひああと言ひたり

救命ボートの数足りぬ巨船あをぞらのしたを航《ゆ》くとき空のみがある

コンビニは救命ボートとして灯りたどりつきたる人か立ち読む

靴一足そろひて残りゐしといふ人体消えし沈没船に

蒼穹のからだ降りきて深海と抱き合ひてをり夜ごと夜ごとを

天皇海山列ひつそりハワイ海山列に繋がりゐたりかなしきかなや

マリンスノーといふは不眠症の薬のやう積雪ふかく深海がある

海中にモスクワが没することありぬ黒海艦隊旗艦モスクワ

国葬ののち国家は火葬に付さるべししらじらと脆い骨残るべし

旱にて沈没船の全裸あらはれぬ戦争がすがた現すことある

歯ブラシ讃

鈴鳴ればあとはしづけさ鈴止みて凄きしづけさこの世にのこる

歯磨きのふしぎ鏡にもうひとりシンクロしつつ歯をみがく人

ゆきこさんのをらぬこの世にゆきこさんの歯ブラシのこる朝のひかりに

人の世はつくづく見るべし歯を磨き長生きすべしと仏陀は教ふ

捧げもつ柳の歯ブラシ救ひのため観音佇む莫高窟に

歯ブラシと命は近きものなれば生き延びた朝に夜に握りをり

鏡に映るわれはあるときせつせつと逆光の暗さに歯をみがきをり

植毛やヘッドや角度の工夫して歯ブラシ並ぶ哀しき微差に

宇宙船に歯磨きする人をらむ闇星々は見よその厳粛を

水掬ふとひらく掌アーナンダこの奇怪なる花を見てみよ

パピルスに遠く

パピルス草まつすぐ伸びてパピルスとパピルスやさしく交叉する朝

まだ文字を書かれぬパピルス楽しけれ空に触れたり風に触れたり

印刷室に人あらぬ朝《あした》まだ刷らぬ白紙にするどき光あつまる

白紙にて指を切りたり人間が磨きあげたる紙の白さに

白色度100パーセントの紙おそろし永遠痛といふべき白さ

中国デモ

マスクして白紙掲げて真つ白な群衆つどふ画面のなかに

しいーッと言ふこゑ世界にひびきたり白紙の上を羽虫が歩む

コピー機の強い光に撫でられて黒く抜けゆく小林多喜二

書かれたる言葉は二次元、拷問は三次元にてそを突き破る

パピルスは文字を書かれて失へり空のごときもの永遠《とは》のごときもの

白紙《しらかみ》に〈蟹工船〉の文字うかぶ過去に未来に一艘の船

三百枚の白紙の重量コピー機の腹に詰めたりゆつくり吐くべし

パピルス草ゆらゆらゆれて育ちをり言葉の世界の外をゆらゆら

カナリア

ポッペンを吹く音するやう日本の空つぽが見えてしまつた秋に

未来から声が聞こゆることがある鳴きたくて鳴けぬカナリアがゐる

鳴かむとしカナリア止まり木つかみをり心臓を摑む握力をもて

カナリアの体重二十四グラム弾丸二個の重さに鳴きぬ

カナリアの雛のまはだか餌呑むと喉さへ透けて生きむともがく

目玉と産毛ゆらゆらゆれて雛育つなにしてやらむと勢《きほ》ふ命に

鳥籠の影が秋陽に伸びてをりわが足そこにしばし囚はる

警戒色に変はりし信号点滅す二羽三羽五羽カナリア飛び立つ

今、いいですか、今　途切れたるメール遺りて永遠に今

ほほゑみの君は最後のひとりなりキタシロサイでありし君逝く

経済的徴兵　それはなにかと問ふわれを白鷺となり君は見てゐた

君の手を離したわたしの手がのこる開いても閉ぢてもまた開いても

鳴きやめた小鳥はほとと墜つるべしレモンカナリアその色のまま

空つぽの鳥籠にのこる止まり木に嚙み痕がありいたく細かく

*

上九一色村へゆく一列先頭にカナリアはゐき先に死ぬため

人間は心弱く意志強きなり空中浮遊さへせむと励みき

ヘッドギアに頭焦げつつ瞑想する善男善女ゐきびつしりと並《な》み

空つぽを苦しむ日本につくられし心《こころ》製造工場サティアン

防毒マスクとカナリア先立てあゆむ列いま暗がりのどのあたりなる

＊

もがく蟻籠めたる琥珀うつくしき秋の陽は来てわたしを浸す

アメンボが水面圧《お》さふる力もて保険を買へりタッチパネルに

カナリアを死ぬたび取り換へ先立てて闇をゆく列われもそのなか

カ・ナ・リ・ア飛び移るたびに分裂したくさん死んでなほ籠のなか

鳥籠をのがれただよふ羽毛あり光に呼ばれ羽毛はうごく

秋の陽につらぬかれたる硝子鉢その影しんと液化してをり

レモンイエロー極まる小鳥みづからを弾丸となし飛びたきことある

ケージから一生《ひとよ》出るなき愛玩鳥見てをり地球を出るなきわれが

ひとつとて飛ぶ鳥あらぬ暗黒に青い鳥籠地球はうかぶ

氷壁

ジャンプしてイルカが鳴らした鈴の音しいんと残る君亡き空に

時間とは崖なり時間なくしたる亡き君と見る潰れた夕日

オリンピックは火の輪くぐりのやうですね生きるのが辛い君が言ふやう

わたし以前からわたくし以後へ生きのびる朝露いただきエノコログサは

向日葵の花つき耳搔きなぜくれた　訊かむとすれば亡き君笑ふ

笑つたねいま笑つたねテントウムシ転がり草の穂ゆれて

ケチャップのシミTシャツのここに赤し死なずにゐること燃ゆるごときか

きつねうどんや親子どんぶりそのやうな晩餐ならば死なずにゐたか

なぜ死んだと問へばなぜ生きてゐるんですかと君の声する

燃えながら今朝箸をとり燃え尽きた鮎のからだをゆつくり崩す

黄金虫ゆふべまぎれこみたれどどこにもをらず亡き君もまた

岡方大輔　氷壁のやうに君は黙ししかしほのかに溶けてもゐるか

水仙光

一月　水仙とわれのほかにゐぬ瞬間がありすれ違ふとき

亡き友は後ろにゐるか前にゐるか崖の水仙はげしく匂ふ

あの崖からこの崖から水仙の香り飛びわれはあやふくゐる爪木崎

水仙軍とふ軍隊あるべしぞくぞくと見てゐる人を水仙に変へ

なまぐさく群生の水仙せまりくる背後は海に落ちる岬に

ふりむくとき昼月はまだそこにあり亡き友にひとつ乗り捨てられて

雪来ぬかふはりふはりと水仙の狂暴な白さ鎮めくれぬか

直立し縊死せしやうな水仙の一本の光かなしむばかり

少女のわれ老いそめしわれ水仙を嗅ぎて驚く二人同時に

雀ゐし枝に目白が止まりたり雀が目白に生まれかはりて

眩輝《グレア》

黒いミルクに白いミルクは注がれて　昏睡の沼に霧が集まる

白いスーツにせかせか近づき来る老人フィルムのモネは突き抜け行けり

クロード・モネ描《ゑが》きながらに光なり光となりて彼は消えつつ

光であり形であり色でありなにものであるかウォーターリリー

溺死せぬ睡蓮のみが描かれてひかりとなりたり光は辛い

咲かむとする睡蓮をみな薙ぎ倒す朝陽の光度のなかを咲きゆく

ウォーターリリーふれたら逃げるウォーターリリー呼んだら消える

睡蓮の気持ちは人類誕生以前から変はらないまま　会へない人よ

ウォーターリリー瞼閉ぢたらウォーターリリー霧が咲《ひら》いて

白内障の視野に白い睡蓮咲《ひら》きゆき描けぬものが画家の目の前

眩輝《グレア》　老人モネの視野を覆ひ水爆のやうに睡蓮ばかり

神は死に睡蓮はそこに残りたりウォーターリリー光が白い

ウォーターリリー心臓をのこしウォーターリリーあなたが消えた

睡蓮はふれあはず咲くひとつ。ひとつ。ひとつ。かなしみの光度

白色度101パーセントで咲《ひら》くとき睡蓮は花をやめた鋭さ

ゆれる水面にゆれぬ睡蓮咲《さ》いてをり死がせりあがり生せりあがる

クロード・モネの白髭ふはふは彼を覆ひ画家がひらきしちひさな窓よ

描《か》き終はるとはどのやうに何を終へることウォーターリリー遠くそのまま

モネの描きし睡蓮はたかが光なりウォーターリリーあなたは誰だ

ウォーターリリーウォーターリリーウォーターリリー　そこにゐますね

あとがき

『ウォーターリリー』は私の八冊目の歌集となります。『歓待』を纏めたのち、私は語り手ではなく聞き手でありたいと思うようになりました。耳を澄ますと遠く聞こえてくる見知らぬ誰かの声と、私自身の声とを撚り合わせたいと願いました。

短歌の役割とは耳を澄ますことなのかもしれません。

怠り多い私を倦まず導き励ましてくれる畏友たちや歌仲間、そして馬場あき子先生にあらためて感謝申し上げます。最後になりましたが、短歌研究社の國兼秀二様、水野佐八香様、装幀の毛利一枝様に心よりお礼申し上げます。

二〇二三年五月二十五日

川野里子

略歴

歌集に『王者の道』（若山牧水賞）。『硝子の島』（小野市詩歌文学賞）、『歓待』（讀賣文学賞）、『天窓紀行』など。

評論に『新装版　幻想の重量―葛原妙子の戦後短歌』、『七十年の孤独 ― 戦後短歌からの問い』、『鑑賞 葛原妙子』など。

歌誌「かりん」編集委員。

2008、2009、2023年度「ＮＨＫ短歌」（Ｅテレ）選者。

かりん叢書第四二〇篇

二〇二三年　八月　十日　第一刷印刷発行
二〇二四年　一月　一日　第二刷印刷発行

歌集　ウォーターリリー

著　者　川《かわ》野《の》里《さと》子《こ》

発行者　國兼秀二

発行所　短歌研究社

郵便番号一一二―〇〇一三
東京都文京区音羽一―一七―一四　音羽ＹＫビル
電　話〇三（三九四四）四八二二・四八三三
振　替〇〇一九〇―九―二四三七五番

印刷・製本　モリモト印刷株式会社

ISBN 978-4-86272-742-8 C0092